목요시선 제2집 2024 겨울

도서출판 **지식나무**

책을 내면서

'우리는 왜 시를 쓰는가'라는 질문은 '우리는 왜 산을 오르는가'라는 질문만큼이나 이미 식상하다. 그 질문에 알뜰한 답을 내놓기 전에, 저기 산이 있어 산을 오르는 것처럼 여기 문자가 있어 우리는 오늘도 시를 쓴다. 비록 그 산이 명산이 아니라 내가 사는 뒷산이더라도, 비록 그 시가 모든 독자에게 공감을 퍼뜨리지는 못하더라도 우리는 망설이지 않는다. 산은 어떤 산이라도 평지보다 높고, 시는 어떤 시라도 일상보다 애틋하다.

세상이 높고 낮은 산의 정류停留라면, 시가 가장 오래된 그리고 가장 아름다운 일탈의 터널임은 분명하다. '왜?'라고 반문하고 변명하기 전에 우리는 이미 시를 둘러업고 저만치 앞서가고 있기 때문이다.

자기 밖의 세상과 견주어 자신을 오직 서열이나 우열에만 골똘하다면 그것은 한 번뿐인 우리의 삶

3

책을 펴내면서

에 대한 방기이며 어처구니없는 생의 축소이다. 또한 글을 쓰면서도 기존의 습속이나 자기 검열에 매여 허덕인다면 우리는 평생 단 한 줄의 시도 쓸 수 없을 것이다. 게다가 근래의 문학 풍토가, 쓰는 사람들끼리 혹은 쓰는 사람들과 평하는 사람들 사이에만 무슨 기밀문서를 주고받는 놀음 같아서, 이 또한 어울림과 유대의 세상이 아니라 '끼리끼리 문화' 조성에 일조하고 있음을 보여준다.

시대 조류에 순응함도 온전한 삶이라 나무랄 수는 없지만, 일상을 끼고 일상에서 잠시 벗어나 나름의 소양과 소질로 자신뿐 아니라 이웃과 주변 물상들을 돌보고 사랑하는 용기와 당당함을 우리는 드러내어야 할 것이다.

산은 자꾸만 높아지고 골은 점점 깊어져 급속으로 가팔라진 세상을 고르게 너르게 펼 수 있는 능력은 신이나 엘리트들에게 있는 것이 아니라 역사와 지역이 바로 우리 보통사람들에게 주어진 것이다.

우리 〈목요시선〉 동인들은 앞서 『겨울길 따시게』(책과나무, 2022)로 첫 동인집 발간 이후 두 번째 동인집 『흰꽃무리』를 엮어낸다.

불교적 시각으로 세상을 다시 밝혀내는 문학철

시인의 시 「또, 봄날은」 외, 오래 닦아온 한글 손글로 세계적인 명성을 넓혀가는 박윤규 시인의 시 「견딜 수 없는」 외, 산문과 운문 모두에 관심과 능력을 발휘하는 오수정 시인의 시 「인생」 외, 아내에 대한 사랑이 누구보다 절실한 유영호 시인의 시 「몸살이 나다」 외, 퇴직 후에도 언양이나 울산 지역의 지역사 학자로 활발하게 활동하고 있는 이병길 시인의 시 「사과」 외, 그리고 쓰기뿐만 아니라 낭송가로도 유명한 우리 동인들의 소위 '교주(?)'인 이지윤 시인의 시 「하늘바닥」 외, 하동의 지리산 자락에서 흙처럼 슬그머니 살아가는 권용욱 시인의 시 「뻐꾸기알」 외 등으로 그득하다.

어떤 이에게 시란 40년 만의 명문고 동창회 때 내밀 명함이거나, 어떤 이에게 시란 행을 간추려 끄적인 일기로 자기 연민을 추스르는 방편이거나, 또 어떤 이에겐 뒤집을 수 없어 어쩔 수 없이 마주하는 세상의 엉덩이를 후려쳐보는 회초리거나, 아니면 요리조리 문자 놀이로 희열의 궁극을 찾아가는 쟁이들의 소품이거나, 어쨌거나 삶의 등에 달라붙어 여전히 공생하는 시를 우리는 외면할 수 없다.

책을 펴내면서

언어의 굴레에 얽혀 살면서 내치지도 못하고 마치 만성질환자의 언어치유책처럼 또 하나의 동인지를 세상에 내놓는다. 한 가지 주의로 편협되지 않고 또한 한 가지 패턴으로 옭아매지도 않은 그야말로 각인각색의 글. 그동안 각자의 삶에 충실하면서도 매달 모여 함께 밥을 먹고 차를 마시고 밤늦도록 시 합평을 하여 간추려 모은 동인지라 더욱 값지고 보람된 결실이다.

이 작은 책이 벼리처럼 수많은 독자들의 가슴을 꿰어주기를 감히 바라면서…….

2024년 겨울
편집자

〈차례〉1

〈차례〉 2

〈차례〉 3

〈차례〉 4

〈차례〉 5

〈차례〉 6

〈차례〉 7

나는 시를 쓴다.

시는 삶이다. 시로 삶을 짓는다. 시인 10만 명 시대라 한다. '개나 소나 시인'이라는 말을 자주 듣는다. '뜨끔'하다.

삶이란 의사소통이다. 경험이다. 사람은 말하는 동물이어서 의사소통 대부분을 말로 한다. 말에는 경험의 축적이 들어있다. 감각을 통해서 얻게 되는 외부세계에 대한 인식이 경험이라면, 사람은 언어적 자극을 통해서 그 경험을 재생한다.

시는 이미지다. 비유다. 상징이다. 또, 이를 운율 있는 언어로 압축하여 창조한 경험이다.

시를 쓰는 일은 언어로 삶을 창조하는 것이다. 이를 통해서 이 세상에 없던 일을 겪는다. 언어의 집을 짓는다. 이로써 총체적 경험을 한다. 감동한다.

15

◻ 문학철

〈백전(白戰)〉 동인.
《주변인과문학》편집주간 역임.
시집 『산속에 세 들다』, 『사랑은 감출수록 넘쳐흘러라』 외 다수
시 감상 『관광버스 궁둥이와 저는 나귀』
장편소설 『황산강』
E-mail ; pencil57@hanmail.net(펜슬57)

또, 봄날은

검은 솔숲 녹아 푸르러지고
파랗게 깊던 하늘도
연둣빛 풀어 놓아
아른거리는

하늘은 청잣빛

동백꽃 '툭' 떨어지는
붉은 그늘

아,

동박새 부리 노랗네

지우개

색시 참 참하네. 우리집에 훤칠하게 잘생긴 손주
가 있는데 우리 손주며느리 하자.
구순 훌쩍 넘긴 어머니가 생신 잔치에 손주랑 함
께 온 손주며느리 손을 잡는다.

할머님, 제가 그 손주며느리예요.
글쿠나.
우리 새아기 참 참하다.

누군가 커다란 지우개로 가까운 삶을 자꾸만 지
워내는가 보다. 어머니가 또 손주며느리 손을 잡는
다. 참 참하다. 우리 손주며느리 하자.

네, 할머님.

장조카가 큰형님 내외, 조카며느리 태우고
떠날 때까지 예닐곱 번 화면이 되감겼다.

오랜 옛날마저 다 지워내고 나면
어머니는
어디에 머물까.

허공에 슬며시 몸을 밀어 넣다

비우지 않고도 가벼운 것들이 꽃으로 핀다.
뼛속까지
비운 새가
허공에 길을 내듯이,
커다란 바퀴 굴리지 않아도 굴러가듯이,

무풍한송舞風寒松 출렁이는 바람 따라 날아오른
속 비운 것들이
수수수
솔잎 사이로 스민다.
큰키나무 소나무 쑥쑥 솟구친 아래
작은키나무들 속옷까지 젖는다.

무게 없이 떠오른 물빛, 솔잎에 맺혀
마침내 빗방울로

투닥
투
　닥
　　투닥 닥
우산 위에서 봄비로 노닌다.

그 소리 내 몸 드나들며
숲
가득 채운다.
산천을
깊은 잠에서 깨운다.

낙락장송 위로 올 만월滿月을 기다려
연둣빛 우산 받쳐들고
바람 살랑이는 그늘 깊은 솔숲길
젖빛 허공에 슬며시 몸을 밀어넣는다.

안거安居 푼 진달래 손톱 끝 진홍으로 붉다.

〔덤〕

▷무풍한송로 ─ 통도 팔경 중 제1경 / 바람 춤추어
솔 그늘 서늘한 길 / 바람 살랑이는 그늘 깊은 솔
숲길
▷동안거(冬安居) ─ 음력 10월 보름부터 정월 보름까
지 승려들이 바깥출입을 삼가고 수행에 힘쓰는 일.

이산移山

남을 고쳐 쓰려는 것은
귀신을 부려
산을 옮기려는 것이다.

나를 바꾸면, 한 삽이라도
산이 옮겨 간다.

〖덤〗

▷이산(移山)
 ㅡ 산을 옮기다 / 엄청난 일을 해내다 / 힘이 세다
▷이산(離山)
 ㅡ 외따로 떨어져 있는 산 / 승려가 절을 떠남

산에서 내려온 암소는 그늘에 앉아

큰빛의집 뒤로 돌아들면
고삐 들고 산으로 들어가는 어린 아버지를 만난다.

젊은 아버지가 흰 무명 바지저고리 차림으로
졸랑졸랑 따라오는 목매기송아지 앞세우고
쇠죽에 콩과 겉보리 넣어 쑨 드레죽
먹인 암소, 빈 수레로 뒤따라 걸리고
쟁기, 써레, 번지까지 지게에 지고 걷는다.

지난가을 애벌갈이 해둔 논, 논두렁 메우고
물 대어 두벌갈이, 써레질, 번지질,
무논에서 돌아오면
암소는 구정물 한 양동이
한숨에 들이키고 오줌을 폭포수로 쏟아낸다.

산에서 내려온 암소는 그늘에 앉아 새김질하고
바짓자락 둥둥 걷은 젊은 아버지는

낮은 곳으로 내려온 막걸리 빛 하늘과
환하게 빛나는 구름,
흰옷 입은 사람들과 허리 굽혀
목숨을 심는다. 하늘에 초록, 초록, 구멍을 낸다.

날은 저물어 멈춘 듯 흘러, 트랙터 한 대, 소 백 마리.
이앙기 한 대, 백 사람.
마침내,
뒷짐진 저문 아버지 따라 숨소리 순한 소 한 마리
산골 논두렁 걸어간다.

큰빛의집 뒤로 돌아들면
그림자도 다 녹인 아버지와 아버지의 암소가 내
려온다

　덤　

▷ 큰빛의집
 ― 통도사 옥련암 대광명전

머위 같은 시 한 편

이 산 저 산 멀리 가까이 뚝뚝 떨궈지던
매화 소식에도
꽃구경 한 번 못 갔습니다.

몇 날 며칠 내 몸에 피었던 열꽃으로 대문간 검
은 벚나무가 눈부시게 웃습니다. 살구나무 꽃그늘
드리운 남새밭에는 머위가 밭을 이루었습니다. 몇
년 전 두어 뿌리 묻어 두었던 것들입니다. 머위 몇
잎 따며 아직은 보드라운 억새풀, 거칠어질 산딸기
나무 몇 뿌리 뽑습니다.

그래서, 머위도 내 먹거리 정도 내어줍니다.

산에서 자란 더덕, 도라지가 향이 진하듯 풀과
겨루며 자랐습니다. 데친 머위, 물기 꼭 짜서 막된
장, 고추장에 무쳐 흰 밥에 섞어 비볐습니다. 큰 숟
가락 한 입, 쌉싸름한 맛과 함께 머릿속 환하게 터
집니다. 폐와 간에도 싱그런 바람이 붑니다.

사월입니다.
살구나무 꽃그늘 같은,
머위 같은,
시 한 편, 세상에 불러내고 싶습니다.

푸른 별에 서서

보랏빛 붓꽃

나
한 자루 붓으로
빛나는 별이 아니었을까

저 반짝이는 별에서
올려다보는
한 자루
붓

보랏빛

점

〔덤〕

▷ '창백한 푸른 점'
━ 1990년 2월 14일 61억 킬로미터 밖에서 보이저 1호
  가 촬영한 지구 사진. 0.12화소.
━ 세상에 존재했던 모든 사람이 바로 저 작은 점 위
  에서 일생을 살았습니다.

시월, 나무처럼

때죽나무, 고로쇠나무, 물박달나무
살 내음 짙은 초록을
덜어내어
기울어진 햇살 속으로
노랗게 타는 숲길도 굽어 내리네.

굽이굽이 시린 물소리 부서져 내리네.

오배자나무, 단풍나무 무리 지은 숲길
한 구절, 한 소절,
묵은 초록을 구석구석 꼼꼼히 닦아
날마다 더 붉게 타오르네.

새소리 깃털처럼 환하게 피어오르네.

운곡서원 장대壯大한 은행나무
하룻밤

깨달음으로
머리에서 발까지 눈부시네.

발목이 노랗게 잠기네.

뗏목을 손보다

1

남들이 이미 100번 오른 산이라 하더라도 처음 오르면서 보지 못했던 것 봤거나 새로운 느낌을 얻었다면 정말 가치 있는 일입니다. 이미 100번 읽어 본 이야기라 하더라도 그 이야기를 또 읽으며 새로운 깨달음을 얻는다면 참 좋은 일입니다.

2

고구마와 고추는 아열대 작물이라 무서리만 맞아도 잎이 다 죽습니다. 호박과 무는 무서리까지는 견딥니다. 그러나 된서리 맞으면 잎이 죽습니다. 게다가 무는 뿌리가 얼기 때문에 된서리에 덴 무는 뿌리에 바람이 들어 맛이 없어집니다.

배추나 대파는 무서리, 된서리까지 견딘 것이 더 달고 맛있습니다. 살짝 오는 눈까지 맞으면 더욱더 달고 부드러워지죠. 그렇기는 해도 따뜻한 남쪽 나라 진도나 완도 바닷가가 아니라면 월동 못 합니다.

3

마법인가. 밤새 열사흘 달빛이 내려 쌓였나 봅니다. 산자락 밭두둑 따라 무성하게 뒤덮었던 호박 줄기와 잎들 지난 무서리까지는 견디었더니 푸른 잎에 은가루 뒤집어쓰고 눈부시게 발아래 와삭와삭 부서집니다. 무서리 내리기 전 끝물 거두고 남은 고춧대도 새삼스레 줄지어 빛을 냅니다.

산 넘어오는 금빛 아침 날빛이 줄지어 선 배추밭 은도금을 녹여냅니다.

4

김장김치 담가 숱한 겨울 넘겨왔습니다.
언젠가 건널 겨울을 위해
100번 건넌
뗏목을 손봅니다.

서(西)으로 가는 달에게 묻다

빈 봉지에 공기 담긴 비닐 하나
벚나무 가지 재빠르게 피해서
높이 떠올라
까마득히 날아오릅니다

더 높이, 더 멀리, 더 빨리
하늘로 오릅니다

바람에 속 다 비운 비닐들
벚나무 가지에 걸려
아우성칩니다

서(西)으로 가는 낮달▷이 희미하게 웃습니다

웃는 저도 한 달에 한 번
맴돌 뿐이면서,
　　　▷ 서정주, 「추천사(秋韆詞)」에서

한 아이가 자전거를 타고 둑길을 달려갑니다
그 뒤로 바람이 따라가고 낙엽들이 구르며 따라가고
또 햇살이 반짝이며 따라갑니다
길가에 선 마른 풀들은 손을 흔들어 줍니다
그냥,
세상이 이렇게 아름다웠으면 좋겠습니다

⊡ 박윤규

시인, 캘리그라피 작가
남해 출생
〈시작업이후〉 동인, 부산작가회의 회원
한글손글디자인협회 회원
박윤규 캘리그라피 연구소 운영
시집『꽃은 피다』외
E-mail ; pyk5050@hanmail.net

견딜 수 없는

찬물을 거푸 들이켜도 자꾸 목이 말라오는 이 갈
증의 때
나는 무엇이 그리운지 그리워해야 하는지
생활도 욕망도 사랑도 구체적이지가 못한 어느날
밤에
나는 시를 쓴다 피 흘리지도 못한 내가
침묵을 아는지 자유를 아는지 군중의 행렬의 절
묘한 끝에 붙어서서
껌을 씹으며 만세를 부른다 내가 부르는 만세의
찬란한 기운에 힘 입어 이렇게 버티는 거다
내가 내 힘으로 쓰러지고 뒹굴어 마침내
등짝에 얼굴에 훈훈한 저 흙내 한번
기운차게 따뜻하게 묻혀낸 적이 있었는지
갈증이여 희미한 달은 떠오르고 이 절망만 자꾸
부풀고

작은 생각

어두운 밤 쓸쓸한 바람벽에
정말 손톱만 한 청개구리 아슬하게 붙어 있다
습기도 없는 수직의 방벽 그 작은 다리를 뻗대어
중력을 잘 이기고 있는 것이다
밖에는 장맛비가 끈질기게 내리는데
그 비를 피해 안으로 스며든 것인가
나와 얼굴이 마주치자 은근히 딴청 부리듯
눈알 굴리며 고개를 둘레둘레 한다
나는 또 생각이 많아진다
이놈을 어떻게 할까 비 오는 바깥으로
쫓아낼 것인가 그렇다면 이놈은 왜
울음을 울지 않는가
이놈이 올챙이 적에는 얼마나 작은 몸일까
평평한 바닥을 두고 왜 저렇게 힘들어 하고 있는가
생각하는데 이 작은 놈은 나를 빤히 쳐다보면서
두 눈을 꿈벅거린다 마치 무슨
내가 모르는 어떤 생각을 짓고 있는 듯

하더니, 꼬물꼬물 기어 제 갈 길을 간다
몇 날을 내리고 있는 저 빗속 그의 행로를
비켜 준다 그런가 그런 것인가
평생이 아무리 짧고 위태한 듯 손톱만 한 청개구리
나도 두 눈을 꿈벅여 보다가 방금 떠난
그 작은 몸의 어떤 생각에 경의를 두는 밤이다

박윤규

겨울 몽우濛雨에 스미다

나를 잠기게 하는 이것
습도 80%의 겨울 숲을 걷는다
뼈만 남은 나뭇가지를 붙들고 누가
매달려 있다 나의 이름을 부르며 부르며
어느 순간 나는 한 발짝도 걸음을
옮기지 못하고 마는데 내 안에서
요동치듯 꿈틀거리며 자꾸 차오르는
이 뜻 모를 설움은 어디서 오는가
앞이 두려움으로 가득차
길을 열어갈 수가 없다
방울진 것들은 모두 어떤 목숨이었기에
다 비워 이리 가벼이 떠돌며
나의 주변을 기웃거리는데
기웃거리는데 내 한 몸 둥실 떠올라
떠나지 못하고 흘러 사라지지 못하고
발 아래는 온통 허공인데
언제 이 길을 다시 걸으려나 어둠은

저 멀리 두고 쓸쓸한 겨울 숲길을
홀로 스민다

박윤규

굴러가는 것에는 설움이 있다

작고 모난 돌이 큰 바위틈에 끼어
움직이지 못하고 있다
바람이 어디 크게 불던 밤
깎이고 둥글어진 돌들은 떠나고 없는데
그것 제 몸의 뾰족한 성질 때문에
작은 흔들림도 없을 뿐이다

가을이다 낙엽들이 우우 함께 섞이며
몸을 구르며 떠나고 있다
살다가 사람이 사람에게서 받는
부딪히며 구르며 나뭇잎이 나뭇잎에게서 받는
뜬구름이 함께 뜬구름에게서 받는
상처가 가장 큰 법이다

모든 굴러가는 것에는 설움이 있다
그래야 제대로 굴러갈 수가 있다
제 안의 복받쳐 오는

설움이 저를 상처 내고 깎고 갈아
아무도 없는 밤 쓸쓸해도 좋을
어디론가 저를 데리고 가는 것이다

박윤규

까마귀의 피는 붉다

산길 올라가는데 그 길 위에
까마귀 한 마리 납작하게 엎드려 있다
차마 떠나지 못하고
그놈 주변을 서성이는 또 한 마리
종종걸음으로 다가가더니
제 부리로 그놈을 쪼기 시작한다
어서 날자고 어서 일어나라고
우리의 지나온 시간은 뭐가 되냐고
엎드려진 주검 아래로 붉은 꽃 핀다

붉은 꽃 핀다 언덕과 골짜기에
아주 조그만 일로 그러기에
세상은 밝아지기도 하고 어둡기도 하다
날은 어둡고 눈은 흐려지고
나를 오라는 이도 가야 할 곳도 없는데
피 냄새 짙은, 그러나 살아 있어야 한다
살아 있어야 세상을 볼 수 있고
그래야 피냄새도 맡을 수 있다

까아악 울며 하늘을 이고 날아가는 까마귀
까마귀의 피는 붉다 슬픔은 둘째 문제다

박윤규

붉고 따스한

선인장이 꽃을 피웁니다, 바보같은, 사막의 기억이나 있는 것인지, 밖에 나갔다 돌아오는 그 잠깐 사이, 몸은 꽁꽁 얼어버렸는데요, 유리창은 성에로, 두꺼운 옷을 입었구요, 그런데 세상에, 찬바람 드는 베란다에 버리듯 놓아둔, 선인장이 꽃을 피웁니다, 텅 빈, 느즈막한 거리에는 인적이 드물지요, 웅크리고 지나는 사람들끼리 괜히, 아는 체해 봅니다, 그렇죠, 사는 게 참 힘들죠.

세상에 어둠이 내리기 전에, 마음이 먼저 어두워집니다, 이전에는 그런 마음을 꾸짖기도 하고, 억지로 없는 호기를 피우기도 했지만요, 나이 들어, 수그리는 것만 익혔지 뭡니까, 바람에, 추위에, 세상에, 그리고 내 안에서 내가 만든 어둠에까지 말입니다.

꽃을 피운, 선인장을 만져 봅니다, 참 철없는 놈이라고, 말하고 나니 눈물이 납니다, 거실로 들어와 앉았는데, 형광등 불빛에 눈이 따갑습니다, 일어섰다 앉았다, 나는 또 괜히 그러고 있습니다, 함께 모여, 자유에 대한 논쟁을 벌이고, 괜한 울분으로 술에 벌건 낯이 되어 가지고, 거리를 어디까지 걸었던 시절이 있었지요, 이제 몸은, 그런 혼들림마저 허용치 않습니다, 그래서 더 추워진 날에, 저 바보 같은 선인장이, 붉고 따스한, 꽃 피워 올리는 것 보며 아득해집니다,

　술 한잔 해야지요, 어둠에도 젖지 않고, 푸른 가시잎을 꽂꽃이 세우던 친구들, 한 놈이라도 연락이 닿으면 좋겠습니다, 목적도 방향도 없이, 비틀거리며 어둠처럼, 지친 세상 거리를 나서고 싶습니다.

47

창窓으로

텅 빈 겨울
텅 빈 어둠
텅 빈 나무
텅 빈 별자리
텅 빈 너

텅 빈 것이 텅 빈 것을 아프게 한다 허공이 허공
에게 사랑을 말한다 너의 눈 속으로 우울한 내가
걸어간다 나는 기우뚱거리며 너의 중심에 닿지 못
한다 너의 눈은 기묘한 형상을 일으키고 또 지운다
재빠르게! 내가 잠시 엉뚱한 상상을 하는 동안 비
가 그쳤다 어둠 속 모든 길의 경계는 모호하리라
물 흐르는 소리 그 어디쯤에서 허공을 담은 풍선들
이 허공을 날은다 그것들이 각자 쉽게 반짝이며 별
자리를 만든다 어두운 하늘에 없던 금들이 생겨나
고 있다 낮은 물소리가 들린다 그게 또 금간 것처
럼 뚝뚝 끊어지며 제 기억을 헤프게 한다

내 안에 돋는 잦은 기침
생각의 군더더기

박윤규

붉은 달

사람의 눈물같은 붉은 달. 나는 붉은 달을 보고 있었네.

어느 생인들 온전한 기쁨만을 가질 수 있으랴. 사막을 걸을 때도 그랬고, 너의 손을 놓아 보내주어야 한다는 것을 알았을 때도 그랬다. 온통 가슴이 상처인 붉은 달. 붉음 속에 지나온 길들이 얽히고설켜 보푸라기처럼 삐져나온 달의 속살을. 누구에게도 보여주지 않으나 누구나 품고 사는.

내가 보이지 않아도 그대여, 나는 붉은 달을 품고 그대 주변을 기웃거리며 사느니. 그대에게 기쁨만 주고 싶어 나는 어둠 속 검은 그림자로 살아가느니. 그대 나를 잊으라. 내가 기울어진 뒤에 희미한 새벽이 오면, 그대 그 빛으로 품속의 달을 씻으라. 그대 나를 잊으라.

붉은 저 달의 솟아남이 희망적이었다면 그것의 기욺도 희망적이어야 하리. 모든 아득함의 뒤에 비로소 떠오르는 달. 그리고 모든 아득함을 남기고 지워져가는……, 그것은 그래서 사람의 절망같은 달.

나는 그 무거움의 절망을 지고 허공을 걷노니.

누구도 나에게서 눈물을 보지 못하리라. 세상에 나기 이전에 걸었던 길, 이 삶을 버린 뒤에도 걸어야 할 허공의 길. 그러므로 이승의 길마저 허공 아닌 것이 있으랴. 내 생의 무게가 무거울수록 나는 기우뚱하며 걷는다.

밤 바다 물결. 물의 결이 또한 달에게 닿고 싶어 안달이다. 달의 빛을 조금씩 닮아가고 있는 것이, 내가 너에게로 자꾸 닮아가고 싶던 마음과 가깝다. 네가 가진 표정과 삶의 어두운 그림자와 너의 낮고 빠른 노래와 네가 사랑하던 것들 다 사랑하고 싶었던. 허나, 돌아앉아 생각해 보면 혼자일 수밖에 없는 열망.

붉은 물결이 자꾸 솟구친다. 허공으로 허공으로 내몰리면서 저렇게 지치지도 않고. 아. 나는 허공에 작은 집을 마련하고 거기 살았던 것이리라. 다소 희망을 꿈꾸기도 하면서.

사람의 눈물같은 붉은 달. 온밤이 지나도록 내 가슴속 붉은 달을 보고 있었네.

입춘대길건양다경立春大吉建陽多慶

산에 들에 붉은 꽃
피었다 진다
밤하늘 가득 작은 별
피었다 진다

아름다운 것들은
봄날에 다 사라진다
봄날은
그렇게 아프게 온다

그날 이후
입춘대길건양다경이란 말을
내걸지 못했다

부끄럽고
미안해서
살붙이들 생이별로 다 떠나보내고서
나만 잘 살자고 하는 것 같아서

꿈꾸다 만 것 같은

바다가 아래로 내려다뵈는 산모퉁이를 지나
한참을 누구와 얘기하며 걸었는데도
그와 깔깔대며 웃고 장난쳤거나
마음의 걱정거리까지 나누었던 것 같은데
그러고서 하루를 지났을 뿐인데
그가 누군지 기억나지 않는다
길이 어떻게 울퉁불퉁하였다거나 굽어져 있다거나
그 길의 시작이 어디쯤이었는지
다만 봄 안개 가득하였고
어느 집 낮은 돌담 너머로 노란 개나리
안개와 개나리가 무척 잘 어울리는구나 하는
개나리 꽃잎에 닿으면 안개도 개나리색이 되는구
나 하는
그것을 알고 가슴이 쿵쿵 뛰었던
어쩌자고 그것이 지난 기억의 전부인 걸까
오늘 아침, 꿈꾸다 만 것같은

53

박윤규

오수정

늦가을의 찬 바람이 시를 쓰게 한다. 주변에서 시 재료를 끊임없이 찾아내려고, 다양한 안경을 바꿔 쓰며 바라보는 버릇이 생겼다. 지나온 삶의 어딘가에 묻어 두었던 감정들을 하나둘 들추어 보는 연습을 한다. 뿌옇게 흐려지다가도 시어詩語로 다듬는 동안 불순물은 가라앉고 맑은 감동만 흘러간다. 가지런히 놓인 신발처럼 한 단락씩 하얀 종이 위에 얹는다. 시를 통해 나를 발견하고 나를 만들어 가고 있다.

⊟ **오수정**

시인, 약사, 브런치스토리 작가
닉네임 '가을웅덩이'
시집 『생각을 요리하다』
전자책 『생각을 담그는 글쓰기』
2024 경남약사회 문학 공모전 시부문 최우수상 수상
https://litt.ly/gaeulung
E-mail ; kmpy120@naver.com

시 한 톨

갓 지은 밥상 마주 앉아
넘기는 시 한 톨
뜨거운 국물에 담긴 눈총으로
목에 걸린 단어를 하나씩 삼킨다

한 김 오른 한 숟가락의 햇덧과
겨우내 삭혀진 동치미 속 반달이
오후의 푸닥거리를 날려보낸다
옹기종기 모여 앉은 이야기들이
혀끝을 채우는 맛으로 넘어가고
껍질이 반쯤 남아 있는 사과는
늘어진 감각을 팽팽하게 한다

한 톨씩 씹으며 비워낸 그릇은
새 삶을 찾아 떠나고
쭈글쭈글해진 숭늉 속에
싸라기만 떠다니고 있다
얼굴에 시 한 톨 붙어 있다

오수정

지참 약

하얀 당의정 한 알이 또르르 굴러
내 손에 들어오더니
등에 새겨진 그림을 보이며
출신을 알린다

갈색 타원형 한 알이 뒤뚱거리며
걸어오더니
음양으로 새겨진 문신을 들이밀며
자신만의 소명을 풀어놓는다

울긋불긋한 색으로 모인 알약들이
치료를 위해 장전된 군사가 되어
투명 비닐 안에 누워 있다

알약들을 지휘하는 삶이다

노란색 길쭉한 알약 하나가 말을 걸어온다
트라우마 배 아래 칸에서 웅크리며 지나온
고통을 늘어놓는다

말할 수 없는 신음 속에서 잠을 청하는
파란색 동그란 알약도
눈을 비비며 불면의 시절을 속삭인다

아픔을 들여다보는 시간이다

▶ 2024년 경남약사회 문학 공모전 시 부문 최우수상
  수상작

59   ▓ 오수정

차임벨 소리

카페라떼를 주문하고
의자 하나 밀어내어
추위에 절인 외투를 묻는다

칭얼대는 차임벨 소리
계단을 내려가는 동안 점점 울어대더니
카페라떼와 맞바꾸고 돌아서니
엄마 품에 안긴 아이처럼
뚝 그친다

잊을 만하면 너는 또 칭얼거린다
조용한가 싶으면 너는 또 울어댄다
삐그덕거리는 계단 소리와 하모니로 비비며
주인에게 달려간다

고요하다
두 귀가 쫑긋하다

자갈길을 걸어온 심연에서
숨죽이던 벨소리가 울린다
때때로 울렸던, 그때마다 잠재웠던
내 마음의 차임벨 소리다

멈추지 않는 울음을
무선 키보드 속으로 흘려보내고
갈색빛 이야기가 만들어지면
고요해진다

따뜻한 커피 한잔 속으로 서서히
잠이 든다

오수정

지천명

무심히 던진 가시가 화살이 되어 돌아온다는 것을
아는 나이가 되었다

바람이 불고 기온 차가 있어야 구름이 흐르듯
그저 이루어지는 일이 없음을
아는 나이가 되었다

주어진 길을 정신없이 달리다가
작은 돌부리에 넘어져 주저앉은 일이
내게 시간이 소중함을 깨닫게 해 주었다
작은 들풀을 돌아보게 하고
큰 산도 맞서게 한다

잎새에 이는 바람에도 괴로워하던 시인처럼
용서만큼 어려운 일이 없음을
아는 나이가 되었다

남을 용서하는 것보다
나를 용서하는 것이 더 힘겨워질 때
모든 죽어가는 것을 사랑하게 되리라

아직은 세상의 절반도 알지 못하지만
사랑이란 화로에는
용기라는 불이 있어야 함을
아는 나이가 되었다

세상은 맞서는 것이 아니라
안아가는 것임을
아는 나이가 되었다

오수정

장작불

한 장작이 불 속으로 뛰어든다
겨우내 오그라든 기지개를 펼치고
붉은빛 볼을 마주하며
전부를 내어준다
따닥거리며 전하는 옛날이야기들은
긴긴 겨울밤의 허기를 달래듯
곶감 하나와 군고구마로 펼쳐진다

열기가 식을 즈음
또 다른 장작이 몸을 던진다
잠시 아쉬운 연기가 날리는가 싶더니
더 큰불이 춤을 춘다
식지 않은 열정들은
하나둘씩 짝을 지어 기다렸다는 듯이
꿈을 태운다

꺼지지 않는 장작불

식지 않는 사랑
차가운 등짝을 감싸는 봄소식이 되어
기다림과 설렘으로 퍼진다

오수정

생각의 윤회

공허한 빈 그릇 안으로
차가운 상념이 누우면
가지런히 진열된 단어들은
눈밭에 돌아다니던 신발이 되어
온 마당을 헤집고 다닌다

차가움은 새벽이슬처럼 사라지고
무거운 먼지를 털어낸 오감들이
기다렸다는 듯
오색의 글을 빚는다

무지갯빛 찾아 떠나는 물보라처럼
잃어버린 생각의 조각들을 떠올리며
조용히 눈을 감는다

잡힐 듯 잡히지 않는 추억의 뒷모습
보일 듯 보이지 않는 지난날의 실루엣

현재의 종소리가 울려 퍼지면
춤추던 단어들은 느낌표 하나 버려두고
제자리를 찾아 꼭꼭 숨는다
잠잠히 그릇을 비워낸다

오수정

시를 쓴다는 것은

시를 쓴다는 것은
요동치는 파도를 타고 모험을 떠나는 일이다
높은 파도 위에 서서
담담한 뭍을 바라보는 눈빛이다
언제 내동댕이쳐질지 모르는 감동을
끝까지 붙들고 매달리는 처절함 속에서
반짝이는 언어들이 낚싯줄에 걸려
하나둘 올라온다

햇빛에 말려져 곶감으로 변하기도 하고
물 속으로 들어가 하늘거리며 떠나기도 하고
장독대에 들어가 곰삭은 절임이 되기도 한다

시를 쓴다는 것은
조울증에 접어든 환자처럼
갈피를 잡을 수 없는 일이다.
극한 슬픔과 극한 기쁨 사이를

하루에도 수십 번씩 넘나드는
곡예사의 눈빛이다
날카로운 칼과 부드러운 리본을 휘두르며
달려가는 줄 위에서 빛나는 섬광이 번쩍인다

오늘도
망아지 같은 내 마음을
우뚝 선 소나무에 매어 놓는다

오수정

밤 10시

지친 티끌 털어내고
뽀얀 비누 두 손으로 비비며
하루를 문지른다

차가운 세면대 안으로
눌어붙은 모래알이 떨어지고
미련 한 방울 품은 거품이
거울 속으로 뛰어든다

소나기처럼 따가운 물줄기가
잠시 휩쓸고 지나간다

걱정과 두려움을 하수구 속으로 밀어내고
레몬향 희망을 피부 속으로 뿌린다

이제 맑음이다

인생

인생이란 그러한 것

한 물결 지나면 또 한 파도
한 파도 이기면 또 한 풍랑
한 풍랑 견디면 또 한 너울

물결을 지나고
파도를 이기고
풍랑을 견디며
너울을 삼킬 때

단단히 자란 내 마음은 바다가 된다

오수정

응급실 수액

명치를 두드리는 통증이
가을 들판의 소나기처럼
쓰나미가 되어 몰려오면
뇌를 스치는 오만가지의 생각들이
트라우마를 타고
식은땀 속으로 흘러내린다.

얼굴은 일그러지고
고흐의 별이 빛나는 밤으로
의식이 떠다니며 영혼의 장례를 치를 즈음
노란 수액이 온몸을 휘감고 화색을 피운다

통증과 함께 몰려다니던
어지러운 실타래들이
보푸라기 하나 남기고 사라진다

도파민이 몸을 점령한다

유영호

詩를 쓴다고?
네가?
아서라
詩는 아무나 쓰나
넌 아무나도 못 된다.

그런 소리를 들으면서도
꿋꿋하게 시를 쓰고 있다
난 아직
세상에 할 말이 많으니까.

☐ 유영호

시인, 수필가, 사진작가
2008년 만다라 문학상 수상
2010년 가오佳梧 문학상 수상
2015년 한국비평가협회 명시인 선정
2016년 한국문인협회 한국 시인 대표작 선정
2022년 대한민국 시인 대전 항일문학 부문 대상 수상
시집 『혼자 밥상을 받는 것은 슬픈 일』, 『바람의 푸념』,
　　『불면과 숙면 사이』, 『당신은 영원히 시들지 않는 꽃입니다』
E-mail ; y11999@hanmail.net

몸살이 나다

겨울바람보다 세상은 차갑다
눈이 감겨 밖을 볼 수 없지만
내 앞을 걸어온 길이 엉켜 있고
겨울을 건너가는 바람이
답답한 호흡에 자꾸 달라붙는다
어제부터 굶었는데도
기침이 강제로 입을 벌리며
사지를 비틀고 있다
오늘따라 더 창백한 창문이
세상을 내려다보고
해가 천성산을 넘어갈 때쯤
생기를 잃은 입술이
앙상한 뼈마디를 깨물며
온몸으로 통증을 배출한다
누군가에게 단 한번도
지독한 고독에 대해
손 내밀어 본 적 없는 늙은 나무가
지는 해를 향해 손을 뻗는다

냄새와 살다

향수 냄새를 무척 싫어했다
나이 칠십을 바라볼 때까지
로션조차 바르지 않고 살았다
유난히 냄새에 민감해서
냄새에 밝은 아내도
향기 없는 화장품을 쓰도록 했고
과하게 향수를 뿌린 사람을 만나면
호흡을 줄이고
만남 시간을 줄이려 애썼다
그러던 내가 혼자가 되고 나서
집에서나 몸에서
혹시 냄새가 나지나 않을까 하여
집에는 탈취제를 뿌리고
샤워용 샴푸도
스물네 시간 향으로 바꿨다
그렇게 신경 쓰며 살았는데
오랜만에 내려온 딸아이가

집에 들어서며 하는 첫마디
'윽, 홀아비 냄새'

유영호

사막을 걷다

청량한 물이 솟아나고
야자수가 일렁이는 월아천月牙泉
가물거리는 신기루가
천근 발길을 이끈다
아침마다 던져주는
건초 한 덩이로 잇는 목숨이
힘겹게 건너온 고비
평생 걸어온 길이지만
오늘따라 발바닥이 더 뜨겁다
터질 것 같은 심장으로
가쁜 숨을 몰아쉬지만
한 발 디디면 두 발 미끄러지는
모래언덕이 두렵다
언제쯤 목을 축였을까
기억이 가물거릴 때쯤
폐부로 훅 들어오는 열기 속에
오아시스가 들어있다

이 냄새를 따라가면
쩍쩍 갈라진 혀를 적실 물 한 모금
만날 거라는 믿음으로
해를 따라 걷고 또 걷는다
과연 옹달샘은 만날 수 있을까
도무지 알 수 없는 길이다

유영호

정자항에서

밀려드는 자동차 행렬에
등 떠밀린 정자항에서
바닷물에 절은 방파제에 기대어
늦은 점심을 먹는 갈매기를 보며
눈요기로 허기를 달래던 때가 있었다

하늘이 게슴츠레하고
마음속까지 우중충하던 날
수족관 바닥을 기어다니는 대게를 보며
오래도록 입속에서 주눅든 침을
꿀꺽 삼키기도 했었다

붕어빵 한 봉지 들고
바닷가를 걷는 해맑은 웃음을 위해
속속들이 다 보여 주기 싫은 가난을 감추고
잔뜩 오그라든 손을 펴
거만한 대게에게 손 내민 적도 있었다

집게발 하나씩 손에 들고 웃는 눈길 너머로
우리의 가난이 더는
저 순박한 아이들의 가슴이
마른 논바닥 되지 않기를 바라는 내 눈빛이
아내의 눈과 마주치던 순간도 있었다

어물전 좌판 옆에서 게 발을 갖고 놀다
손바닥 찔려 울던 내 손 감싸 주시던
아버지의 눈빛이 쏟아지고
진눈깨비 서성거리는 횟집 주차장에서
나의 소망이 날아오르던 때가 있었다

유영호

입속에만 남아 있는 말

저녁에 먹을 찬거리를 산다고
마트를 다녀오는데
아파트 상가 전봇대에
발이 묶인 붕어빵 포장마차는
익숙한 기름 냄새를 풍긴다
어젯밤 내린 비에
움푹 파인 도로에 발이 빠졌다
혼잣말을 툴툴거리며
두부 한 모와 콩나물을 들고 왔다
유튜브에서 배운 조리법으로
혼자 먹을 반찬을 만들며
중국집의 짜장과 짬뽕도
날씨에 따라 고춧가루 넣는 법이
다르다는 것을 말하고 싶었지만
입 밖으로 꺼내지 않았다
편의점에서 사 온 냉동 볶음밥은
가스 불에 달달 볶아야 맛있고

양은냄비에 붓는 물도
라면 종류에 따라 결정된다는 것을
말하지 못했다
아내가 서둘러 길을 떠났기에
그 조리법은 내 입속에만 남았다.

유영호

종전선언

수천 년 잇던 가문의 전쟁을
42년 맡아 싸웠던 당신이
뜻하지 않게 전장을 떠났습니다
이제 그 싸움을
다음 세대가 이어야 하지만
아이들은 평화주의자라
전쟁에 참여할 뜻이 없는 듯합니다
스물두 살 풋풋한 시절부터
예순이 훌쩍 넘을 때까지
일 년에 두 번 치르던 명절 전쟁
진즉 끝내 줬어야 했는데
생전에 해주지 못하다가
당신이 떠나고 나니
이제 어쩔 수 없이 끝내려 합니다
아이들은 싸울 생각이 없고
나는 전투 능력이 없어
올해를 마지막으로 끝내려니

강릉 유가의 장손으로서
조상님께도 면목 없고
당신에게는 더욱더 미안합니다
세상이 변하니까
나도 이제 어쩔 수 없어
오늘 이렇게 종전을 선언합니다

엄마는 그래도 엄마다

잘 익은 홍시를 보다가
엄마 생각이 났다
백발에 주름 자글자글하고
칠십이 낼 모레인 나도
엄마를 떠올리면
순간에 어린아이가 된다
떠나신 지 몇 해나 되었는지
기억은 가물거리지만
그래도 엄마는 영원히 엄마다
세월에 등 떠밀린 나도
떠나신 엄마 나이가 돼 가지만
지금도 엄마는 늘 그립다
꿈에라도 한번 오실 만한데
안 오는 걸 보면
먼저 가신 아버지와
그곳의 생활이 행복하신가 보다
언젠가는 나도

부모님 계신 곳에 가겠지만
늘 보고 싶은 내 엄마
오늘 밤 내 꿈에
꼭 한번 오셨으면 좋겠다

유영호

선풍기 닦던 날

홑이불 끌어당기는 날씨가 되었다
난 한시름 놓고 쉬고 있는
애인의 목욕을 시켜주기로 했다
처서 보내고 추분이 지나도록
기승을 부리던 더위에 맞서느라
너무 고생을 해서 그런지
꾀죄죄한 그녀 모습이 안쓰러웠다
책상 앞에 앉을 때나
주방에서 식사 준비를 해 밥을 먹고
열대야로 잠들지 못하는 밤에도
늘 곁에 있어준 그녀 덕분에
올여름을 그나마 견딜 수 있었다
그렇게 끼고 살던 그녀의
먼지 뒤집어쓴 얼굴을
온수와 샴푸로 깨끗이 씻겨주고
몸 구석구석 물수건으로 닦아주니
첫 대면을 했던 모습처럼

말끔한 모습이 싱그럽게 웃는다
이제 우리 잠시 헤어지지만
다시 만날 것을 약속하며
그녀 오늘부터 동안거에 들어간다

유영호

생존 신고, 다시 시작되다

협심증으로 스텐트 시술을 받고
늘 심장의 안위를 걱정해야 하는 나는
아침마다 아내에게 얼굴을 내밀어 인사했고
아내 역시 지병이 있어서
내가 먼저 잠에서 깨는 날에는
아내의 숨소리를 확인하며 하루를 시작했었다

지난해 아내와 예기치 못한 이별을 하고
혼자 아침을 맞이하다 보니
이제는 생존 신고할 곳이 없어졌다
아내와 함께 살 때는
늘 서로서로 안위를 살피고
의지하였기에 안심이 되었는데

아들 딸 형제들이 있지만
각자의 생계를 위해 멀리 떨어져 있으니
몸이 아파 약을 한번 먹으려 해도

물 한 그릇 떠다줄 사람이 없고
이제는 뭐든지 스스로 해결해야 하니
수발을 들던 아내의 고마움이 더 생각난다

궁하면 통하는 법
전 국민이 쓰고 있다는 단체 채팅방
단톡방을 만들고 아이들에게 고지를 했다
'아버지가 여기에 3일 이상 흔적이 없으면
이 세상 사람이 아니니 그리 알아라'
그렇게 나의 생존 신고는 다시 시작되었다

유영호

귀 호강하다

귀를 만족시키지 못하는 오디오는
늘 불만이었다
괜찮은 오디오를 알아봤다
이름만 들어도 귀를 웃게 하는 기종은
로또 복권을 맞아도
스피커 사기조차 부담스러운 가격이다
설사 돈이 있어 산다 해도
공동주택에서는 한 시간만 들어도
이웃집의 항의가 들어올 게 뻔하겠지만
꼭 한번은 가지고 싶었다

거금을 투자해서 로또 복권을 샀다
드디어 추첨을 한 날
오천 원짜리 두 장이 맞았다
거액의 복권에 당첨된 나는
등짝 스매싱을 할 아내도 없으니
과감하게 오디오를 바꿨다

수천만 원짜리는 아니지만
지금 내게는 이것도 과분한 기종이다
혹시나 이웃의 항의가 있을까 봐
아주 조심스럽게 볼륨을 올렸다 내렸다
학창시절부터 즐겨 듣던
닐 다이아몬드의 공연 실황을 듣는다
오랜만에 귀 호강을 한다

유영호

이병길

틈과 틈
사이에서
그대와 함께
한 호흡
한 희망
한 사랑
한 세상
잘 살았으면 좋겠다

🖃 이병길

《주변인과시》로 작품 활동

작가, 지역사 연구가

울산작가회의 편집주간, 항일독립운동연구소장

저서 『영남알프스 역사문화의 길을 걷다』, 『통도사, 무풍한송길을
　　걷다』, 『윤현진 평전』 등

공저 『양산교육백년史』, 『신통도사지』, 『울산교육 독립운동 100년
　　의 빛을 밝히다』 등

신문연재 〈의열단원 박재혁의 그의 친구들〉, 〈울산항일의병전쟁
　　사〉, 〈울산근대소년운동사〉 등

E-mail ; gil586@naver.com

사과

사과 반을 잘라 내밀었다

뭘까 하고
가만히 보니
반쪽 사과 안에
하트가 숨겨져 있네

보인다
작지만
사랑을 품고 있는
사과 한 그루

　이병길

서석곡 사랑

사랑이 사진 속에 멈춰버리듯
차라리 화석이 되길 바랐다

묵은 사랑이 떠난 뒤
천전리 명문 앞에서
입종갈문왕과 지소부인
천년 전설이 된 사랑을   읽는다

푸르스름한 바위 하나 구해
내 사랑도 먼 훗날 식지 않았음을
그대 가슴이 아니라
바위에 뜨겁게 남기리라

새긴다는 것은 잊히지 않는 것
벼린 칼날 깊이만큼
그대와 내가 사라지고
모두가 지워진 뒤에도

여기, 서석곡
어느 세월이 한참 낡은 뒤
누군가 애틋한 눈길에
읽히는 천년 문장이 되고 싶다

떠나간 또 다른 사랑
다시 돌아오지는 않겠지만

　　　　　　　　　　이병길

예열

다리미는 뜨거워져야
옷을 다림질을 할 수 있다

꽃도 피어야
꽃다울 수 있다
제철이 아니더라도
봄꽃이 가을에 피고
가을꽃이 봄의 핀들
어찌 꽃 아니라 할 수 있겠는가

철없는 꽃이라 하지 마라
다리미 뜨거워져야
구겨진 옷 팽팽해지듯
그렇게 예열의 시간 있었으리라

그때가 아니라도
제때를 만나면

얼마나 아름다운가
그렇지 아니한가

밤나무 숲에 가득한 장구 소리

치마 끝 붙잡고 밤숲 가는 길
땀에 젖은 고무신은 자꾸 벗겨졌다

당신은 장구를 비스듬히 메고
매미울음 장단 맞춰
버선코 세우며 걸어가셨다
누각 기둥에 등 기대앉아 보면
밤나무 소나무로 가득한 숲
바람은 먼 곳으로 가고 없었다

장구를 다시 걸메고
허공을 휘젓는 손이 쿵 하면
백일홍은 화들짝 붉게 물들었다
왼손 채는 따딱 따딱 회초리 하듯 하면
밤송이 가시가 벌떡벌떡 일어섰다
쿵 따닥 쿵 따딱 쿵
여름 낮잠 밤숲을 일깨웠다

오른손 왼손 따로 같이하며
낮거나 높은 소리, 둔탁한 울림
손바닥으로 조율하고
음양의 가죽 떨림에 몸도 젖고
밤 숲에는 점점 바람이 불어왔다

어머니, 당신께서는
그날의 장단을 기억하시나요
밤숲 나무 사이 사이
소리 가득 불어넣던

이병길

기분 좋은 굴욕

낮게 핀 꽃일수록
머리를 숙이거나
허리를 낮추거나
심지어 무릎을 꿇어야 해

거만하게 도도하게 높게 핀 나무는
고개를 올려보거나
두 손으로 내려 맞아야 해
공손하게

피워내는 것도
매달린 것도
한순간

꽃, 눈 맞추는
한순간 계속 다시 오지 않아
그래서

봄은 굴욕인 거야
기분 좋은 굴욕인 거야

이병길

집 안의 물건들이 말을 걸어온다

종일 집 안에서 사는 날이 많아졌다
예전에 몰랐던 것들 하나둘 말 걸어온다

전기밥솥이 가장 먼저 말을 한다
배가 고파요, 밥을 해 주세요
청소기는 청소 언제 하냐고 투덜거리고
세탁기는 빨래하라고 주문한다
텔레비전은 재미있는 채널로 바꾸라 하고
주방의 칼은 언제 칼질할 거냐고 도마에서 시위
한다
싱크대 그릇들은 빨리 씻어달라 하고
냉장고는 비웠다고 언제 채울 거냐 한다
베란다 선인장은 목마르다며 가시 돋친 말 하고
심지어 소파 밑에 쌓인 먼지도 닦아 달라고 닦달
한다

말을 걸지 않았던 온갖 것들이
나를
가만히 놔두지를 않는다
의자는
그만 쉬고 싶다고 일어나라고 한다

이병길

처서 모기

여름 햇살에 익은 저녁노을
발그레 해넘이 멈칫하는 것은
마지막 내 사랑이
저물고 싶지 않기 때문입니다

나무 백일홍 피었다 졌다
백일 동안 그러한 것은
그대 아름다움 속에 아직
머물고 싶은 까닭입니다

꽃이 아름다운 것은
나비가 있기 때문이고
그대가 사랑스러운 것은
내 곁에 있기 때문입니다

처서 지나 입 비뚤어진 모기지만
아직 그대 곁에 있는 것은

봉숭아 물든 그대 입술이
너무나 달콤하기 때문입니다

이병길

들풀 진화사

빅뱅이 시작되고 천지가 개벽 되었을 때
풀씨 하나 지구에 작은 틈을 벌려 뿌리를 내렸다
수천수억 년 세대를 거듭하여
개체 발생은 계통 발생을 밟는다는
누구도 범하지 못할 유전자를 만들었다
마침내 갱빈과 들판에 거대한 터전을 일구었다
공생의 평화가 초록 지구에 가득했다
네발짐승들이 나타나
제 몸을 내어주어 삶이 되도록 하였다
하지만 두발짐승이 나타나더니
깨뜨리고 간 돌로 풀과의 전쟁을 선포하고
자신의 영역을 만들기 시작하였다
전쟁은 계절이 바뀔 때마다 멈추지 않았다
풀들의 저항은 죽음으로 끝나지 않았다
때가 되면 어김없이 풀씨
하나 둘 셋 넷 작은 틈 벌려 연대하며
진화의 역사를 써내려 갔다

진압할수록 저항하라
저항하여 진화하고 전진하라
두발짐승의 제거 전쟁은
잡풀에서 잡목으로
네발짐승으로 확대되었다
몇은 멸종되거나 몇은 노예로 길들었다
잔혹한 진압사에 저항하는
저 풀들 사이에 어느 때부턴가
꽃씨도 느슨한 연대에 가담하여
들꽃을 피우기 시작했다
그때부터 들풀과 들꽃의 초록 연맹은
지금까지 깨어지지 않았다
결코 지구를 포기한 적은 한번도 없었다
지금 지구가 푸른 것은
풀들의 저 시퍼런 피로 쓰인 역사 때문이다

이병길

꽃, 받침

꽃이 아름다운 건
받침이 있기 때문이다

글자에도
받침이 없으면 좀 섭섭하리

사람도
쓰러질 때 받치는 사람 있으면
참 든든하겠다

그렇지
사람이 사람을 받침 하면
참 편안한 세상이 되겠지

받침은 오로지 바침으로
그대를 더욱 빛나게 한다

꽃, 시샘바람

겨울 길다고
토닥토닥
잠 깨우는
비 오더니
산에는 눈 모자를 씌웠네

봄 왔다고
빗방울
토닥토닥
안부 인사하더니
쑤욱 쑥
싹이 올라왔네

마을에
매화 산수유 향기 그득한데
산에는
여전히
눈산 봄시샘 기침을 하네

이병길

어느 날 내가 이곳에서 겨울바람처럼
지나가는 것들에 몸을 맡기며 서 있게 될 줄이야
자꾸만 이마에 얹히는 시간의 자국들이
결국은 내 마음 한 자락을 저며내는 바람처럼

멀리 스러지는 것들을 보며
움켜쥐지도 못한 채 이곳에 서 있는
하얗게 얼어붙은 숨결 속에
어깨 위로 내려앉은 시간은 가볍고도 깊어서

겨울 모퉁이, 언젠가 나도
소리 없이 흩어지는 눈발처럼
고요한 흰빛 속, 흔적마저 잊혀질 줄이야

그러나 끝끝내 남을 시여

⊡ **이지윤**

2004년 《문학세계》 등단
부산시인협회, 부산작가회의 회원
시집 『나는 기우뚱』
2023 타고르 문학상 최우수상 수상
2024 윤동주 탄생 107주년 윤동주 문학상 대상 수상
E-mail ; jiyun3007@naver.com

엄마는 색맹이다

울엄마, 보고 싶어라고 적어 보내면
걱정이네 하고 답이 왔다
지난겨울이 서릿발 같은 때 엄마는
봄옷을 다 꺼내 놓았다
마음에 벌써 봄 햇살을 들이신 걸까
감당하지 못할 일들이 눈앞에 닥치면
엄마는 아이처럼 웃고 떠들었다
슬픔의 색과 그리움의 색을
분간 못하는 색맹
엄마는 몰랐다
몸에만 상처 있는 게 아니라
마음에도 허공이 있고
그 허공에 깊은 바람도 들 수 있다는 걸
나를 보면 웃기만 하던
나의 심장 깊숙이 박힌 상처까지도
향기롭고 기쁜 꽃으로 읽어주던 울엄마
세상 길에 고운 걸음으로 나들이 가던
색맹이 그립다

이지윤

사는 법

이 앙다물고 살다 보면
하늘이 길을 내어주는 법이지

아득한 마하摩訶의 허공을 내려
수천 수만의 비명으로 떨어지는 빗방울
그것들이 어디에 내릴까 고민하고
선택할 여지는 주어지지 않지
어디에 떨어지든 결국 하나를 이루어
큰 물줄기로 흐르는 것이야

빗방울이 뿌리를 파고 뒤적여
슬픔의 깊은 속내를 드러낸 나무가
그래도 뒤집혀진 뿌리의 힘으로
제 삶을 견딘다는 것을
한밤중의 빗소리에도 놀라지 않고
고단한 가지 위로 꽃을 피우는 것이야

반짝이던 옹기가 비 그친 햇살 속
얇은 금 하나를 내비친다
아무리 투명한 하늘에도 얼룩은 있는 법
옹색한 세상 허기진 가슴에
작은 창 열어 길을 내어보는 오늘

이지윤

미역국을 먹으며

탄생은 바다의 언어로 시작되는가
어머니의 자궁에서
소금물 같은 피가 흘렀고
그 틈에서 처음 본 바다 내음

어머니는 지금 바다를 끓인다
검푸른 잎맥에 기억을 새기며
생명을 낳은 대가를
국물로 삼킨다
소금기 없는 국물 한 모금마다
그녀의 자궁이 다시 한번 출렁인다

미역은 검은 깃발처럼 출렁이며
내게 묻는다
그날의 바다를 기억하느냐고
그 물결 속에 숨었던 내 첫울음을
잊지 않았느냐고

숟가락으로 그 물결을 떠올린다
한 모금 삼킬 때마다
어머니의 시간이 흘러가고
어머니의 시간을 딛고 나의 시간도 흐른다

미역국은 바다가 아니다
그것은 자궁의 기억이고
시간의 몸짓이며
어머니의 언어다

나는 그 언어를 삼킨다
내일이 되면 또 아득히 잊으며 살아가더라도
어머니가 나를 낳은 날
오늘은 바다 내음 한 소끔 들이마시며
나도 바다처럼 살 수 있을까

이지윤

눈

어느 먼 별에서 내게로 와 닿는
이 아득한 그리움의 정체
모든 목숨의 근원은
몰락으로부터 생겨나는 것이었음을

그렇게 별의 가루는 흩어져
허공의, 그러나 간절한 희망을 품고서
이 지상으로 이끌려 오고 있다
어둠 속 희미한 가등街燈의 빛은
황량한 거리를 걸어 집으로 돌아가는 어깨를 감
싸주고

어둠 속에서 흩어지는 키 작은 별들
용서하라고 용서하라고
길들은 지워지고
어느 마음의 정점에도 닿지 못하는
잊혀져 가는 기억들의 유산

이 잊혀진 설원의 땅을
휘돌아 한 무리 바람이 출렁이며 빠져나간 뒤
아침이 파스텔 고운 색상으로 피어나거든
다시 절망하는 법을 배우며
슬픈 저마다의 길을 떠나고 있으리라

이지윤

흰꽃무리

 - 동주의 길

창 너머 이팝꽃이 밤새 피었다 한다
아침이면 눈물로 지은 된 밥상을 받는다
사내는 심장을 내어놓으라 하며
내 붉은 정맥을 건드리고
데리고 온 북간도 바람은
통점 깊숙이 햇볕 한 줄 심어 놓는다

온기 없는 좁은 방 낡은 창문을 바람이 들면
부러진 햇살은 낮은 기지개를 켜고
칼 끝의 고통을 뱉어내기 시작한다
어머니, 어머니라고
차마 입에 올리기도 부끄런 죄스런 마음에
오늘 아침 북간도의 달은
쇳소리 같은 울음을 유리창에서 운다

길은 여기에 와 이미 멈추어 버렸으며
내 의지로 굳은 철문을 열어본 적 없으니
투명한 소리를 내는 칼날에 나는
길 잃은 아이처럼 더 이상 울먹이지도 못하고
밤마다 꾸는 꿈, 열쇠가 없어도
가벼이 창을 넘어
흰꽃무리 한 사발 나는 어머니 만나고 온다

▶ 2024년 윤동주 탄생 107주년 윤동주문학상 대상
  수상작

▌이지윤

자벌레로 걷다

집으로 돌아가는 익숙한 길인데도
살얼음판을 걷듯 몸을 굽혀 걷습니다
내 작은 걸음이 비뚤지 않게
내 가벼운 희망이 넘어지지 않게

아직은 모르겠습니다
눈 내린 평원 내가 가야 할 그 길은
방향도 없고 아득하기만 한데
시간은 몸을 뒤척여 굽은 등을 떠밉니다

지금 이대로라두 괜찮겠습니다
일보일배 눈물겨운 고행
내 앞의 굴곡진 길을 온몸으로 밀어갑니다
어느 날의 우화를 꿈꾸며 한 땀 한 땀
당신의 깊이를 따라갑니다

가등 불빛이 바람에 부서져 흩어집니다
불어오는 바람에 여린 살갗이 마르는 동안
아슬한 목숨 끌어안고 더듬거리며
당신에게로 닿는
이 길이 어리석음이라도 좋겠습니다

이지윤

엄마의 달

엄마는 달을 보며 빌었고
그 치맛자락 너울에 동그마니
나는 엄마의 그림자로 앉아 있었다

엄마의 굽은 등, 희뿌윰한 달빛이 내려
군데군데 이지러진 세월의
흠집 투성이를 감싸주고 있었다

달은 쪽진 엄마의 비녀에
걸려 떠나질 못했고
엄마의 소망도 그 둥근 달에 박혀
한 발짝도 움직이지 못했다

불티처럼 격정처럼 흩어져 날아오르던 소원지
잠시 달빛에 반짝인 엄마의 눈물
나와 엄마와 달 사이를
한차례 바람이 지나간 뒤로

달빛은 속절없이 흐려져만 보였는데

지금 엄마는 없고
바람만이 나와 달 사이를 오가며
나를 읽고 달을 읽으며
아직도 흐릿한 세상을
보여주고 있는 것이다

▶ 2023년 타고르 문학상 최우수상 수상작

이지윤

바람 부는 날

바람은 늘 흔들리는 것에서
흔들리지 않은 쪽으로 불어댔다
흔들리는 것들이 몸부림칠 때
흔들리지 않는 것들은 디딜 곳을 다지느라
미리 굳어 버렸다

바람은 혼자 소리 내지 않았다
더 흔들릴 것 없는
빈한한 내 마음에 균열을 키우고
흐르는 세월 채 걸러내지도 못했는데
미련으로 채우더니
가슴에서만 공명하는 큰 울음이 되었다

사는 일도 떠나보면 안다
제 안에 무엇이 박혀 있어
가슴 허허 비명 내지르는지
무턱대고 떠나온 길을 따라

낮선 거리를 떠돌다
캄캄한 가슴 부려놓고
주저앉아 바람처럼 울어보면 안다

이지윤

귀를 여니

흙탕물 가라앉은 물웅덩이를 들여다본다
플라타너스와 은행나무가
푸른 하늘 뭉게구름 사이 머리를 박고
전봇대가 물구나무를 섰다 거꾸로 누워
전깃줄이 물길을 건너고 있다 그 뒤를
내가 거꾸로 따라가는 중이다
말갛게 가라앉은 물 가장자리
막힌 물꼬를 터주면 고인 물이 흘러온
처음 그곳으로 길을 내며 흐른다
마음 열고 거슬러 따라간 곳
파도가 절벽을 때리듯
천둥 번개가 제 가슴을 치듯
괘씸하고 섭섭해서 단칼에 잘라버린 인연
나를 향해 날 세웠던 사람의 증오도
거꾸로 세우니 숨이 열린다

지나던 소나기가
꼿꼿하던 내 몸에 죽비를 내린다

하늘바닥

우물에 든 하늘
무엇이든 바닥을 알지 않고서는
제대로 된 높이를 가지지 못한다

바닥은 제 고향집 마당 같은 것
사는 일도 이와 같아서
다 두고 떠나와 살고 있어도
마음바닥을 기억하는 사람의 발자국은
함부로 흩어지지 않는다

물은 그냥 제 자리에 있는데
하늘이 스스로 내려와 담기니
수면은 하늘로 출렁이고
구름에는 푸른 물무늬가 새겨지기도 하는 것이어서

바닥이 깊을수록
그 물길을 보는 사람의 눈도
맑아지는 것이다

이지윤

권용욱

세상에 한 그루뿐인 뒷마당 단풍나무도
하루하루 우듬지부터 벗겨지고 있다
봄부터 여름까지 챙겨먹고 실팍해진 몸뚱이가
이젠 겨울 한 시절 쉬어 가도 좋겠다
지리산이 울긋불긋 온갖 말을 쏟아내지만
아서라 내 말이 끼어들 틈은 없는데
옳다 올해까지만 쓰자
이러나저러나 세상이 나를 바꾸진 못할 거고
애써 대거리가 차츰 똥개 짖는 꼴 같다
처연히 나무 아래 앉아 놀다가 걸리면
바싹 물어뜯고나 말지 목줄 놓지도 못한 왈왈
이 나이에 인정이 남아도는 것도 아니고
차라리 한심하게 해자나 둘러 파고
손발 닿는 땅뙈기에 호미글이나 익히자
흙이 더 정직하다
나에게 과녁은 늘 과분하다

135

⊡ **권용욱**

하동 악양 거주
시집 『작곡 이전의 노래』
산문집 『사랑은 이렇게 왔다 간다』
E-mail ; 2bfr2@naver.com

뻐꾸기알

다 지난 일이지만,

나는 죽이었고 그는

개였다

권용욱

여여

중앙시장 대중탕에 승속이 붙었다

중노므 시끼가 산에나 처박히지
시장통엔 좆 빤다고 나오나

용 문신 불알이 철렁했다

뭐 이 씹새끼야?
그래 쳐 봐라 이 좆만 한 새끼야

더 큰 염주 불알이 출렁했다

앉은뱅이 중생들 와르르 구석으로 피하고 깍두기
머리통과 맨끄댕이 알머리가 붙었다

어깨비계가 단전비계를 물바가지로 내리찍으니
큰 불알이 움찔 수그리다 옳다구나, 좌선하여 도구
잡듯 작은 불알을 움켜쥐고

야 이 씨부랄 좆도 아닌 새끼가

니 같은 놈 땜에 세상이 좆같은 기다 이 좆만 한
새끼야

시비는 끝났다

선 채로 눈 부릅뜨고 입 떠억 벌리고 행님 비계
덩어리가 두 손 비비고 합장했다!

아이 씹할 좆도 필요 없는 새끼가……
니기미좆도씨발…… 니기미좆도씨발……

나지막이 염불하며 짤막한 아랫도리 목탁 툭툭
치며 나신존자가 어기적어기적 출문할 때,

나는 물속에서 몰래 손으로 좆을 덮었다

반역

영어 문장을 번역하다 '옆집 여자'를 '옆집
의자'로 잘못 쓴다
백스페이스 눌러 지우려다 의자와 여자의 발음을
떠올리고
술김에 얼핏 들으면 그 말이 그 말 같다고 생각
한다

밤마다 옆집 의자는 제 몸의 끙끙한 소리를 끌어
내느라 불을 끈다
낡은 관절인지 풀린 나사못인지 벽 너머 가늠하
긴 어렵지만
어디 어설프게 맞물린 깊은 곳인 줄은 침 삼키며
알겠다

아내 귀에 거슬릴까 음소거 당한 종편 TV들의
자막이
앵커 돌려가며 종일 막장 난장판으로 신났고

덕분에 아까운 잠을 설치는 밤에는 더욱 그 소리
가 가깝다
낮 소음에 밤 소음으로 당당히 앙갚음하는
옆집 남자의 머리가 벗겨졌다는 소문이 정당한가
는 몰라도
갈라칠수록 몸은 한통속이 되어야 살아남는다는
이 깜깜한 밤의 교훈,

덩달아 우리집 의자도 가끔 흔들린다
그렇게 서로 멸종을 견뎌내는 것이다

141

친절한 박물관

가져온 물건은 꼭 챙겨 갑시다
대곡박물관 돌덧널무덤 팻말의 간청이다
팻말이 무덤 쪽으로 붙었는데도 괜히 관람객들이
뜨끔한다

껴묻거리 껴안고 딸린덧널에 묻힌 신라 사람들은
날 때부터 쥐고온 물건이 많았나 보다
가면서도 널길 안쪽에 이런저런 치레거리들 쟁인
걸 보면

본전 못 찾는 일생은 어느 시대나 마찬가지다
입에 물고온 은수저도 빠뜨리고 황금 사모관대도
흙살에 벗어 두고
옥 같은 몸뚱이만 어찌 돌아갔을까

행여 놓칠세라 살뜰히 일러주는 현대인들의 맹랑
이 눈물겹지만

다만 그가 알아보게 이두나 향찰로 적었어야지,
이죽이죽 눙치고
　나도 나를 챙겨서 돌아선다

문상

단오 이전에 솔 새순 잘라 주면
제 기운이 여름에 여러 갈래로 솟아날 것임과

호박이 속을 못 채워 쭈글쭈글함은
올 장마에 땅심이 온통 죽사발로 기울었음과

여름 말벌이 서까래 아래 집을 매단 것쯤이야
한겨울에 짚불로 사르면 말끔해질 예언까지

"이봐라, 권 선생!", 명아주 지팡이 톡톡 다스
리며
두 자 토담 너머 주말마다 일러주시더니,

거기가 어디라고 잠결에 가시었습니까
시월 무서리에 그리 맨발로 나서다니요

제 아버님은 만나셨습니까, "어이, 순택이 자
네!"

자리끼 농주 사발을 그득 채워 거푸 올립니다
육십 년 앞-뒷집 땅 아래 뿌리야 어떨까마는
감나무에 몇 남은 만장들이 붉고 붉습니다

권용욱

금수강산

개를 팔아 버렸다
나한테만 꼬리 내리고
다른 사람들에게 입질을 했다
밥 챙겨주는 아내에게도 으르렁거렸다
주인밖에 모르는 개가 다만 개일 뿐인데
사람이 어찌 개를 깖을까 마는
나는 그런 개와 한집에 살 수는 없다
나는 놈의 오직 예수도 아니고
개독교는 신의 뜻이 아니다

간밤엔 이웃 개가 들이쳐서
닭장을 부수고 어린 닭 열 마리를 아작냈다
전혼이 마당에 풀풀 날리고
떨어진 목, 동강난 다리, 뜯겨 쏟아진 내장
팔려나간 개의 앙갚음이라고
쉬파리 투덜대는 닭들을 나는 어쩌지 못한다
(제단 앞으로 피톨 튀기며 개선했을 때

어느 개 주인은 참 흐뭇도 했겠다)

오늘은 종일 식물들을 살핀다
미친 개가 짓밟은 화초들을 세우고
산에 가서 부엽토 긁어 블루베리 뿌리를 덮고
백정화 분에 담아 따신 데로 옮기고……
하루해가 이를 앙다문다
그래, 식물처럼 살자던 초심을 잊었다
아닌 것은 어째도 아닌 것이다
여전히 개소리 요란한 금수강산禽獸江山에서는

권용욱

끽다거

뿌리는 뜻밖에 외곬으로 뚫는다
보기에는 사철 푸른 이파리가 반질반질해도
척박한 비탈에 내어 옮긴 기억이 깊은 게다
잔뿌리들 뻗어 놓고 움켜낼 곁땅도 남짓한데
똥고집처럼 한 길로 뜻을 묻는다
죽을 일 아니면 한번 자리 뜰 일도 없고
낮과 밤의 밴덕 쯤이야 향을 품고 견딘다
하동 사람이 아홉 번이나 덖고 비비고 주물러도
바위로 밑동까지 얽어맨 뿌리의 말은 끄떡없다
머리숱 같은 거 해마다 동강나고 된서리에 말라
도
비와 바람의 건듯과 혀 짧은 인간들의 허술로는
어림없다
심심한 날, 뿌리의 말을 건져 무르팍에라도 앉히
려면
끓는 불에 손 데고 살살 달랜 청정수로 섬겨야
구겨진 허리 낫낫이 펴고 얼굴에 입주름을 연다

다시 뼈마디에 살이 일어봐야 별 할 말도 없고
화개동천 쩌억 벌리고 누운 지리산이 밀려나듯
미적지근한 저녁 햇살만 건네고 말지만

권용욱

죽은 개구리의 탄원서

어린 제 눈에는
진흙 써레질한 무논이나 아쓰팔트 번질번질 빗물
고인 길바닥이나 그게 그거더란 말입니다

갑자기 훠~언 하길래
비 긋고 구름 사이 희멀건 열사흘 달인가 하여
머리 치켜세우고 양쪽 꽈리 양껏 부풀리고 암머구
리 서넛쯤 호려 볼까 들숨 꽈악 채우는데,
빠싹, 갈리고 말았다 이겁니다

제 잘못입니까?

한번도 아니고 줄달아 거푸 짓이기고 와르르 창
자 지그재그 발라 찢어놓고 부르르 꽁무니 털고 휘
리릭 내빼도 되는 겁니까?
아무리 법 없는 개떡 같은 세상이지만 이리 애꿎
은 일이 하늘 아래 또 있습니까?

저놈, 눈까리 빤질빤질 불을 켜고 제 발바닥보다 작은 것들엔 한 치도 살피지 않고 마냥 앞으로 내달리는 저놈 때문에 우리 같은 거 당최 숨 붙이고 살겠습니까?

서러움의 울음소리도 고양이 들킨 쥐처럼 뚝 잘라버리는 검은 들녘에 조등조차 남기지 않고 뺑소니를 치다니

이래도 되는 겁니까, 염라대왕님?

저들은 저들끼리 살고 우린 우리끼리 사는 것인데, 우리가 언제 저놈 가는 길 위에 허방 한번 놓은 적 있습니까? 우리가 언제 저놈 낯짝에 침 한번 뱉은 적 있습니까?

통촉하여 주시옵소서!

간질간질 학배기, 능청스런 거머리, 미끈한 드렁허리, 방실방실 물방개, 토실한 땅강아지, 당초무늬 무자치,

오락가락 미꾸리, 그리운 우리 이웃들 모두 사라지

151

고
　흐물흐물 달빛만 물어다 주물럭대는 무논 들판을

　이젠 나도 떠났으니 내 알 바 아니지만
　그래도 몸의 씨 한번 못 뿌리고 온몸 갈린 어젯
밤은 너무나 억울합니다

　악질 용의자 넘버 '18 너 4975',
　잡아다 눈알 빼고, 네 발 떼고, 껍질 벗기고, 뼈
다귀 따로 내장 따로 낱낱이 동강내어, 땅속에 펄
펄 끓는 마그마 속에 노근노근 녹여다가, 그놈들
나기 전의 흙 속에 깊이 묻어 주십시오

　어이없게도
　목숨 아닌 것들이 목숨을 깔아뭉개는 이런 일이
다시는 일어나지 않도록

　오, 사리분별에 지친 대왕이시여, 굽어살펴 주옵
소서!

단감

음매가 을매나 보고 싶든지요

무듬에나 가스 응응 울고 왓지르요

오다가 느무 집 당감이 와 그리 달든기요

짜븐 눈물이 다 말라 뿌데요

묵는 앞엔 효자도 읍심더

권용욱

씨

복숭아를 먹다 씨를 씹는나
이런 씨부럴, 입이 떡 벌어진다

말랑하고 달큰한 살을 믿은 게야

어금니로도 깰 수 없는 심지를 박은
복숭아의 꿍꿍이가 얄밉다가

나는 그런 씨도 없음이 쓸쓸해진다

목요시선 제2집 2024 겨울

흰꽃무리

초판 발행 2024년 12월 31일
지은이 문학철,박윤규,오수정,유영호,이병길,
　　　　　이지윤, 권용욱
제호손글씨 박윤규
표지사진 　유영호
펴낸이 　김복환
펴낸곳 　도서출판 지식나무
등록번호 　제301-2014-078호
주소 　서울시 중구 수표로12길 24
전화 　02-2264-2305(010-6732-6006)
팩스 　02-2267-2833
이메일 　booksesang@hanmail.net

ISBN 979-11-87170-85-3
값 12,000원